Avda. Diagonal 189 - 08018 Barcelona
rbalibros.com

Edición y maquetación: Editec
Ilustraciones: Anna Clariana

Primera edición: mayo 2015

Referencia: MONL272
ISBN: 978-84-272-08834
DEPÓSITO LEGAL: B 8208-2015
Impreso en España

Un mundo de cuentos

Caperucita Roja

RBA

Érase una vez una niña que vivía junto a un frondoso bosque. Un buen día, su mamá le encargó que le llevara a la abuela una cesta llena de cosas ricas, porque la abuelita estaba enferma y no podía ir a comprar.
–Ten mucho cuidado –le recordó la mamá, como hacía siempre–. ¡Y abrígate bien!
La niña se puso su capa favorita, que era de color rojo y con capucha. Como siempre la llevaba puesta allá donde iba, todo el mundo la llamaba Caperucita Roja.

cofre
COFRE

Caperucita
CAPERUCITA

florero
FLORERO

Para llegar a casa de la abuela, Caperucita tenía que atravesar el bosque de punta a punta. De camino, se entretuvo cogiendo una flor por aquí y persiguiendo una mariposa por allá. No se dio cuenta de que allí mismo, detrás de un árbol, un lobo la observaba. El muy malvado estaba pensando qué trampa le podía tender para enredarla.

flor

FLOR

lobo

LOBO

mariposa

MARIPOSA

El lobo no tardó nada en salir de su escondite para saludar a Caperucita.

–Buenos días, niña. ¿Qué haces tan temprano en mitad del bosque?

–Voy a casa de mi abuela, que vive justo al otro lado.

–¿Y qué llevas en esa cesta? –preguntó él.

–Queso, pastel y un tarro de miel. Es que mi abuela está enferma y no puede ir a comprar –explicó Caperucita.

–Pues tengo una idea –dijo el lobo, haciéndose el simpático–. ¿Por qué no le llevas también un ramo de flores? Yo me adelantaré y le diré que te has entretenido.

–Vale –respondió la niña, sin desconfiar ni nada–. Hasta dentro de un rato, señor lobo.

ramo

RAMO

cesta

CESTA

pájaro

PÁJARO

Rápido como el rayo, el lobo cruzó el bosque por un atajo que se sabía y llegó en un abrir y cerrar de ojos a casa de la abuela de Caperucita.

La anciana se había acostado en la cama porque no se encontraba bien. Cuando oyó golpes en la puerta, ni siquiera se levantó. Estaba esperando a su nieta y supuso que quien llamaba era su querida Caperucita. ¿Quién iba a ser si no?

–Pasa, nena –gritó–. La puerta está abierta.

mesita

MESITA

abuela

ABUELA

orinal

ORINAL

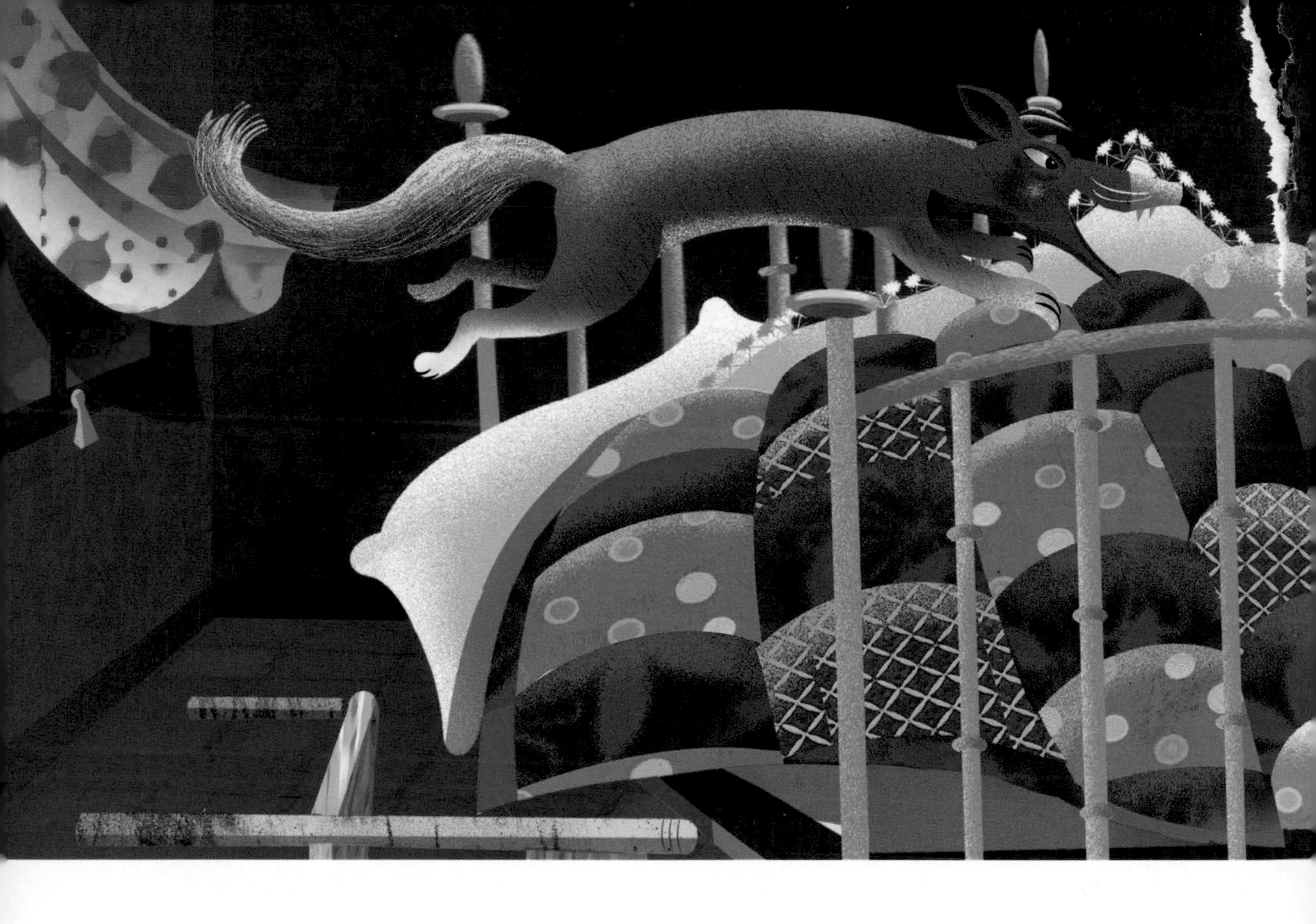

El lobo entró en la casa con la boca abierta de par en par.
Al ver aquellos dientes tan largos, la abuela se asustó tanto que recuperó las fuerzas de golpe y porrazo.
Se levantó de la cama de un salto y se escondió a toda prisa en un armario. En cuanto cerró la puerta, se desmayó de la impresión. ¡Plom!

lámpara

LÁMPARA

escoba

ESCOBA

cama

CAMA

El lobo ni siquiera se molestó en arañar el armario. Se dijo que ya se comería a la abuela más tarde, si le apetecía. De momento prefería zamparse a la tierna Caperucita. Deprisa y corriendo, se puso el gorro de dormir de la anciana y un camisón que encontró por ahí. Disfrazado de abuelita, bajó las persianas, se metió en la cama y se tapó los bigotes con el edredón. Con ese truco, el engañoso lobo pensaba pillar desprevenida a Caperucita.

camisón

CAMISÓN

cuadro

CUADRO

bigotes

BIGOTES

Al cabo de un rato, Caperucita llegó feliz y contenta a casa de su abuela, cargada con su cesta y sus flores.
Cuando llamó a la puerta, una vocecita cascada le respondió:
—Pasa, Caperucita, que la puerta está abierta.
El lobo, que había disfrazado la voz, se relamió pensando en el festín que le esperaba.

casa

CASA

árbol

ÁRBOL

ventana

VENTANA

Caperucita entró en la casa tan tranquila. Como había poca luz, no reconoció al lobo, que seguía tumbado en la cama.

–Ven, acércate –le dijo él con su falsa vocecilla–. Siéntate aquí, a mi lado, que debes de estar muy cansada después de la caminata.

La niña obedeció. Cuando miró de cerca a su abuela, vio algo que no le gustó nada de nada.

–Abuelita, qué ojos tan grandes tienes –le soltó muy preocupada.

–Son para verte mejor –contestó el lobo.

–¿Y esas enormes orejas? –continuó Caperucita, cada vez más asustada.

–Son para oírte mejor –dijo él.

–Y abuelita, ¿por qué tus dientes son tan largos? –preguntó aterrorizada.

garras

GARRAS

ojos

OJOS

orejas

OREJAS

—¡Porque son para comerte mejor! —gritó el lobo abriendo una boca gigante. Tenía tanta hambre que intentó zamparse a Caperucita de un bocado. Pero se enredó los pies con el edredón y la almohada, y, por suerte, la niña tuvo tiempo de echar a correr antes de que el lobo pudiera alcanzarla. Mientras corría de acá para allá por toda la casa, Caperucita chillaba:
—¡Abuelita, ayúdame, que el lobo me quiere comer!
Los gritos de su nieta despertaron a la abuela, que salió disparada del armario para ayudarla.

dientes

DIENTES

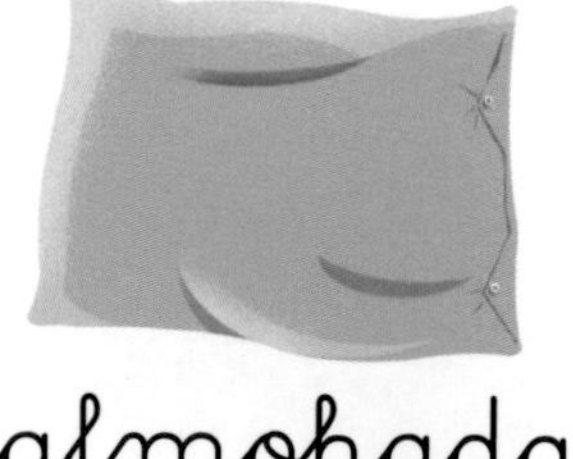

almohada

ALMOHADA

zapatos

ZAPATOS

Caperucita y su abuela chillaban tanto que un cazador que pasaba cerca de allí oyó el escándalo. Y justo cuando el lobo estaba a punto de devorarlas, entró a rescatarlas. Al ver al cazador, el lobo saltó por la ventana con el rabo entre las piernas.

–Vete y no vuelvas –le gritó el cazador.

A lo lejos sonó un aullido de rabia. ¡Auuuu!

silla

SILLA

cazador

CAZADOR

gorra

GORRA

Para asegurarse de que el lobo se largara para siempre jamás, el cazador lo persiguió durante un buen rato. Mientras tanto, en la casa, Caperucita y su abuela se recuperaban del susto.

–Ese lobo cobardica no volverá a molestarlas –les prometió el cazador cuando volvió.

–Gracias, señor cazador –dijo Caperucita.

queso

QUESO

capucha

CAPUCHA

miel

MIEL

Caperucita volvió a su casa sana y salva. Cuando le contó a su madre que la abuela y ella habían estado a punto de ser devoradas por una fiera del bosque, la mamá la consoló. Caperucita prometió que nunca, ni en un millón de años, volvería a charlar con un lobo, por mucho que se hiciera el simpático. Y cumplió su promesa, desde luego que sí. Sobre todo porque el lobo jamás de los jamases volvió a asomar las orejas por aquel bosque frondoso.

hoja

HOJA

madre

MADRE

gato

GATO

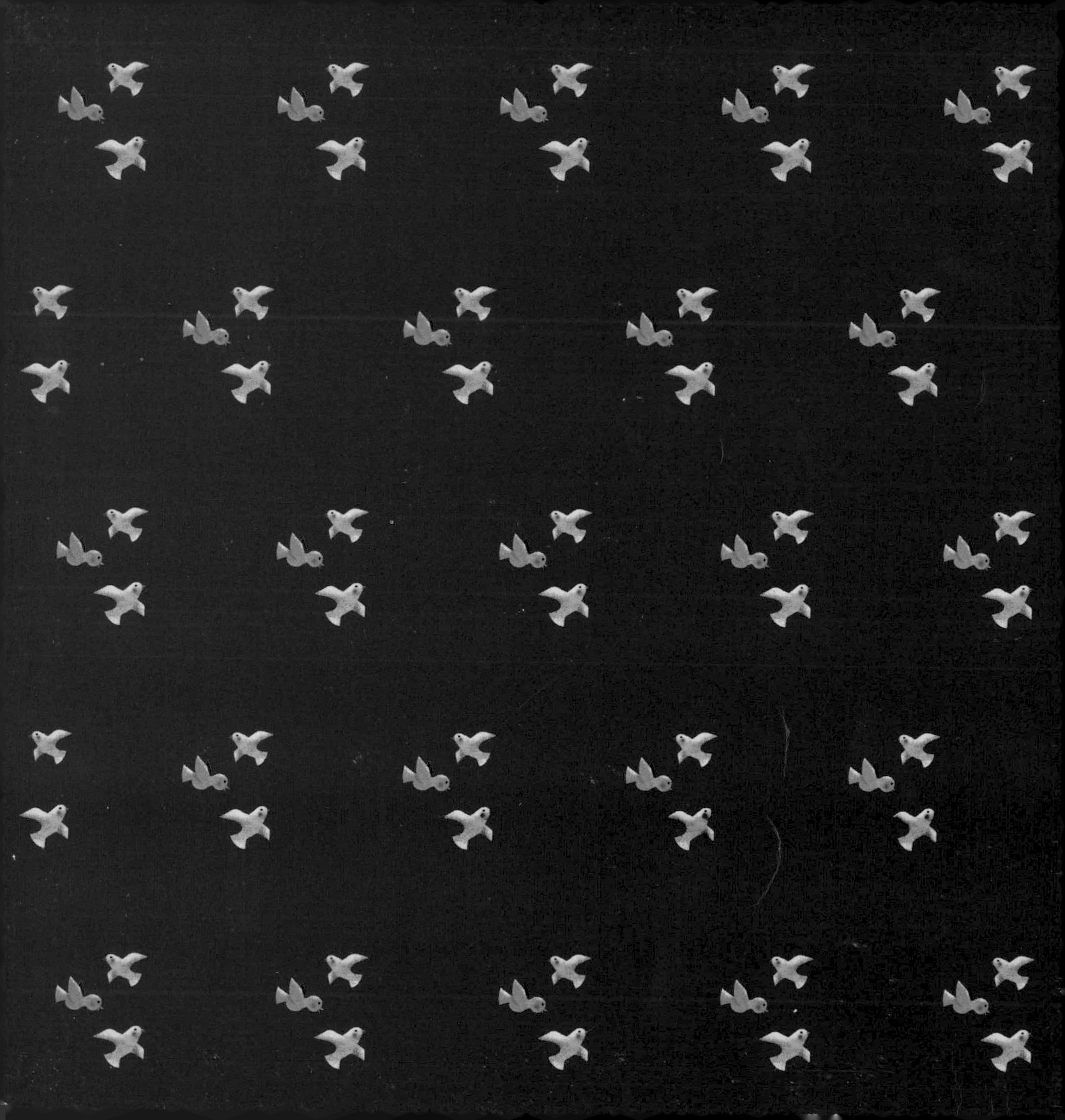